LETTERE INEDITE A LORENZO MAGALOTTI

Vincenzo da Filicaia

© 2023 Culturea Editions

Texte et illustration de couverture : © domaine public
Edition : Culturea (Hérault, 34)
Contact : infos@culturea.fr
Retrouvez notre catalogue sur http://culturea.fr
Imprimé en Allemagne par Books on Demand
Design typographique : Derek Murphy
Layout : Reedsy (https://reedsy.com/)

Dépôt légal : janvier 2023
Tous droits réservés pour tous pays

ISBN : 9791041844913

LETTERA I.

... 1690.

Sig. Conte Lorenzo Magalotti, Firenze.

Domattina darò principio a servirvi, e lo farò con amor grande, ma con poca o niuna abilità. Se questa volta non divento ricco, mio danno. Ho da maneggiare e stropicciare tant'oro, che non ne ha tanto il Perù. — E voi dovete contentarvene, perché

Sì ricca penna dev'esser contenta,

S'altri toglie del suo, ch'ella il consenta.

Mi messi in tasca senza avvedermene il mio viglietto, che ora vi rimando, perchè non restiate privo di sì bella cosa. — E mandovi anche il mio parere intorno al sonetto del Sig. Falconieri.

Quanto poi al mio, in tre altri modi ho mutato il quarto verso del primo quadernario:

Ambo t'odian che furo ambo tuoi servi.

Ambo t'odian perch'ambo a te fur servi.

T'odian perchè giù furo ambo tuoi servi.

Il primo non ha l'eccezione dell'essere il che tanta accosto al nome, essendovisi messo il verbo in mezzo. Tuttavolta il mio orecchio non l'accetta.

Il secondo ha forse miglior suono, ma senza quell'ambo, perde sette ottavi di grazia. — Eleggete voi, o proponetemi un'altra mutazione migliore di questa. — Accetto la mutazione del secondo quadernario:

Così, così l'onor, così conservi

Te solo avanzo di sì vasto Impero?

Così al valor, così al valor primiero

Che a te fede giurò, la fede osservi?

Quel di sì vasto mi par faccia impicciolir l'avanzo, e lo riduca quasi al niente.

Accetto parimenti quell'aggiunto di fedele dato all'ozio, che mi par bizzarrissimo, con patto però che vi lasciate l'ultrice, che vuoi dire ultrice de' suoi adulterii e dei torti fatti al valore. E questa mi pare una gran lode per la Francia, la quale come vera e legittima posseditrice di quel valore, che fu posseduto un tempo dall'Italia, dee giustamente vendicare i torti fatti al medesimo.

Dormi adultera vil, finchè omicida

Spada ultrice ti svegli, e sonnacchiosa

E nuda in braccio al tuo fedel t'uccida.

Aspetto che mi mandiate l'innanzi per l'altro sonetto politico, ma con vostro comodo. Vi riverisco distintamente.

LETTERA II.

Al medesimo.

Villa, 6 Maggio 1692.

Non prima di ier l'altro mi fu resa la gentilissima vostra carta de' 15 del caduto, per la quale veggo che non pur vi ricordate di me, ma che avete desiderato le mie consolazioni, cosa che mi obbliga troppo, e che mi farebbe venire in qualche pregio a me medesimo, s'io non mi conoscessi così bene, com'io mi conosco. Eh! Sig. Conte mio, voi siete troppo grand'uomo per desiderare d'esser consolato da me. Le vostre consolazioni vi hanno a venire da Dio benedetto e dalla virtù che non vi può mai mancare. E quanto alla vostra condotta, v'assicuro che sarà sempre giustificata da quei motivi che avete avuti; e quando tutti questi mancassero, non lascerebbe per questo d'esser giustificatissima, perchè da un uomo come voi, non può uscir cosa che non sia buona e non ben pesata. E sebbene la vostra prima risoluzione mi pare plausibilissima e da par vostro, e non vi date perciò a credere ch'io mi sia scandolezzato della seconda; v'ho ben io compatito con un compatimento pieno d'amore, e sono stato sì lungi dal supporre in voi debolezza o difetto alcuno, che anzi ho creduto aver voi fatto maggior forza a voi stesso nella seconda risoluzione che nella prima, nè credo di essermi ingannato. Ma che si ha da fare? Dio ci vuoi guidare a modo suo, e solo egli conosce le strade che fanno per noi, e però lasciamoci guidare, voi per la vostra, io per la mia, e ringraziamo il Signore che nello stesso tempo mortificat et vivificat. Intanto se posso servirvi, comandatemi liberamente, e sappiate ch'io vi servirò sempre volentierissimo e di buon cuore a misura del vostro gran merito e della stima che ho sempre fatto d'un uomo grande, e d'un cavalier degnissimo, come voi siete.

Iddio vi consoli.

LETTERA III.

Villa, 3 Giugno 1692.

Al medesimo.

Il solo sapere che avete quasi ogni giorno una spedizione iente e veniente, mi fa ben capire che sia impertinenza lo scrivervi, quando non importa. E così è veramente. Ma per questa volta abbiate pazienza, e vendicatevene col non rispondermi.

Dell'onor che mi fate grandissimo in serbarmi un luogo nella vostra considerazione e nel vostro stimatissimo affetto fra tanti altri che Io meritano assai più di me, non ho parole che bastino per ringraziarvene. Dirò solo, che quando la compiacenza ch'io ne ho, arrivasse a segno di farmene invanire, spererei di esserne invidiato, non che scusato, da tutti coloro che conoscono voi, e che conoscono me. Il Sig. Dio ve ne renda merito, e mi abiliti una buona volta a potervi mostrar la mia gratitudine con altro che con parole, siccome desidero. Ma non potendo altro per ora, bisogna ch'io mi dia pace, e mi appaghi di questo poco, non senza pensare di quando in quando agli obblighi miei e gl'infiniti meriti vostri. E appunto a queste mattine in pensando a voi, siccome son solito di fare assai bene spesso, mi venne fatta questa frottoletta, che ora vi mando. E penso che per esser breve vi degnerete forse di leggerla. Orsù, scusatemi, e valetevi di me, che sono, e sarò sempre vostrissimo non che vostro. E vi riverisco di tutto cuore.

Addio.

Conte gran doti-di natura e d'arte,

Forse quà in terra non vedute mai,

In voi già vidi, e quel che in voi mirai,

Fu di voi la minor men degna parte.

Che qual chiuso in sua luce, a parte, a parte,

Cela sè stesso il sol co' i proprii rai,

Tal voi co' vostri, più del sole assai,

Splendidi fregi, vi celaste in parte.

Ma or deposto il vano lustro e quella

Luce di gloria, che v'ascose a noi,

Far di voi vi vegg'io mostra più bella.

Che se in voi non minor de' vostri eroi

Serve grandezze e dignitate ancella

Mirai poc'anzi, or voi rimiro in voi.

LETTERA IV.

Villa, 30 Agosto 1694.

Al medesimo.

Mi avete dato la vita con i vostri stimabilissimi caratteri e colle riflessioni fatte sopra il sonetto.

Di che vi rendo grazie affettuosissime, e vi assicuro che l'esservi voi degnato di porre gli occhi sopra le mie miserie, mi ha fatto concepire speranza di non essere del tutto escluso dal vostro cuore, che sarebbe un grandìa per uno che stima infinitamente il vostro affetto, e sa di non poterlo mai meritare. E quanto alla seconda critica veggo che mi compatite, e lo merito, perchè il migliorar questo luogo senza mutar rima, non è possibile, e il mutarla non si può far con guadagno, essendo minor male il soffrire una rima cattiva, in grazia dell'altre due buone, che gittar via le due buone per migliorar la cattiva.

Onde si può dire in questo caso: Habent sua sidera rhythmi. Quanto poi alla parentesi non potete dir meglio, e vi giuro che mi avete fatto sbellicar dalle risa con quei due grattaticci delle due virgole non tenuti dagli occhi, onde sono contentissimo che la parentesi si noti co' soliti segni, non tanto grandi e madornali che paiono due di quelle sterminate travi che vengono dalla Falterona.

Venghiamo ora alla prima, nella quale sono con voi, e mi do per vinto, quando sia vero ch'io dica di non chieder calma, perchè non ho calmna.

E veramente mi sentirei passar banda, banda, s'io lo dicessi, ma non lo dico; e solamente dico di non chieder calma, per dire i miseri non hanno calma; il qual modo di dire, a maniera di sentenza, ha una tal forza enfatica che non si restringe a tempo presente, ma si distende al futuro ancora, e fa questo senso: che i miseri non hanno, non avranno, e non possono mai aver calma; in quel modo appunto che dicendosi per cagion d'esempio: La virtù non è soggetta all'ingiurie del tempo; si viene a dire che la virtù non è, non sarà, e non può

8

mai essere soggetta, per quel privilegio che hanno le sentenze d'esser più doviziose di sensi che di parole e di doversi intendere non restrictivae sed ampliativae. Tutto questo sia detto sotto correzione, per cavarvi di mano un'altra lettera, il che non seguirebbe, se dicessimo tutt'e due a un modo.

A tal'effetto mi servirà di ruffiano quest'altro sonetto, che non meno del primo, ha bisogno delle vostre stimabilissime correzioni. La Sig.a Anna vi riverisce divotamente, ringraziandovi del favore che le avete fatto, ed io sono più che mai tutto vostro, vostrissimo servidore.

LETTERA V.

Villa, 10 Settembre 1694.

Al medesimo.

Io non fui mai ambizioso, ma quando pure lo fossi, mi avereste dato il mio conto sino al finocchio, mentre di quattordici versi, undici me ne mettete in cielo, e tre nell'inferno, e questi forse con più giustizia di quelli. Nè pensate già ch'io vi sia più tenuto delle lodi, che della critica. Mi piaccion quelle, ma non mi giovano; questa, e mi piace, e mi giova, e quanto più mi mostra la sferza, tanto più m'assicuro del vostro amore. Ve ne ringrazio dunque con tutto l'animo, e chino il capo alla sentenza, dalla di cui giustizia sarebbe troppa temerità l'appellarsi, dicendovi solamente, che il debole di questa chiusa paragonato col forte de' versi antecedenti, non viene da stanchezza, come per lo più si vede accadere in molti sonetti che cominciano con vigore, e poi finiscono tanto morti e sfiatati, che non si reggono in piedi, e danno giù.

Anzi (udite cosa mirabile) tutto il sonetto è fabbricato sopra questa chiusa, in grazia della quale confesso d'averlo fatto. E l'idea è presa da Tansillo, in quel capitolo che finisce così:

Occhi de' miei desiri e d'amor nidi,

Vorrei chiedervi in don qualche mercede,

Pria che l'aura mi tolga a' cari lidi.

Ma il vostro duro orgoglio che non crede

L'ardor che tanto in piccol tempo crebbe,

Ch'osi sperar mercè, non mi dà fede.

Una pur chiederò che mi si debbe

Ella, ed è tal, che benchè d'odio accesi

Un nemico talor, dall'altro l'ebbe:

Occhi s'io moro, e fia chi vel palesi,

Perchè voi vivi abbiate lodi, ed io

Già spento, qualche onor, siate cortesi

D'una lagrima vostra al cener mio.

Mi piacque l'idea, e disegnai di farne un sonetto alla Fortuna, chiudendolo con un sentimento simile. Ed eccomi caduto di capo il diadema dell'umiltà, colla quale avendovi finora scandolezzato, voglio adesso edificarvi colla superbia; perchè, se il bello degli altri mescolato col mio, scade della sua bellezza, e non apparisce più bello, ognun vede che la vostra critica, condannando quel che non è mio, a confronto di quel che è mio, viene ad essere tutta quanta a mia lode; e così invece di bastonar me, avete bastonato il povero Tansillo, o per dir meglio, a me son tocche le bastonate, ed a lui è toccato sentirne il dolore. — Ma io non son contento, se non me ne date una cinquantina a mio modo tra capo e collo, e perchè possiate farlo con sicurezza di percuoter me e non altri, vi mando quest'altro sonetto, tutta mercanzia del mio povero fondaco. Direte che sono impenitente, e che non vi lascio ben avere, ma abbiate pazienza per questa volta. Accetto la mutazione del verso, cioè il de' miei guai in luogo e co' miei guai. E sappiate che così diceva da principio, ma poi lo mutai, e ora considerandolo meglio al lume delle vostre ragioni, lo restituisco all'esser di prima.

Un caro abbracciamento al Priore, un altro al Conte Montani, e vi riverisco devotamente.

LETTERA VI.

Villa, 15 Settembre 1694.

Al medesimo.

So che il male di quella chiusa non è male da biacca, e che bisognerebbe fare un piedistallo nuovo a questa statua. Tuttavolta non potendosi così di leggieri tor via tutto il male, ho procurato almeno di scemarlo con levar quella parentesi che serviva d'inciampo al lettore.

E se pur mi vuoi morto, e invan si chiede

Ragione a te contro te stessa, e dei

Negar giustizia e non donar mercede,

Concedi almen, sebben nemica sei,

Quel che a un nemico ancor l'altro concede,

E piangi meco i tanti strazii miei.

Nell'ultimo sonetto ho mutato il secondo verso del primo terzetto

Ambo dunque piangemmo e ad ambo insieme

Diè sventura diversa ugual dolore.

Compatitemi e correggetemi, e vi riverisco devotamente.

12

LETTERA VII.

Villa, 26 Settembre 1694.

Al medesimo.

Non ponevo punto in dubbio la disapprovazione della chiusa, e già me la sentiva scorrere giù per le reni. E perchè un male così fatto non vuole impiastri, ma ferro e fuoco, m'è bisognato venire al taglio e abiurare il Tansillismo nel modo che vedrete. Non so poi, se il rimedio sarà peggiore del male. Ho preteso di riconvenir la fortuna con farle vedere e toccar con mano, che con tante sue stranezze, ha ben ella potuto far conoscere la sua ingiustizia, ma non le è riuscito di farmi misero. Non so poi quello che vi parrà del pensiero e dell'espressione, la quale, in un panno così stretto, mi ha forzato a ricorrere ai laconismi. Vi ringrazio infinitamente delle correzioni fatte al sonetto: Piangesti Roma, e toltane l'ultima, le accetto tutte. Solo mi dà qualche fastidio la voce intrise, la quale mi fa, e mi ha sempre fatto, una bruttissima specie. — E che specie mi chiederete voi? Una specie di quella cosa che voi dite ch'io mi son fatta nei calzoni, nel far la chiusa al sonetto della Fortuna. Credo bene che sia questa una di quelle sciocche delicatezze, le quali senza alcuna ragione s'imprimono nell'animo, e poi vi fanno tal presa, che non se ne possono più distaccare. Nè voglio stare a dirvi per mio discarico che un sentimento simile fu espresso dal Pulci colla stessa frase, quando disse:

Che gli mise nel cuor proprio la lancia,

E mostrò pur ch'è Paladin di Francia.

No, no, confesso che avete ragione, e che il vostro verso è più forte del mio. Ma siccome avete guarito lui del male della lonzeria, così dovete ora guarire me con levarmi dal capo questa mia sciocca schizzinosaggine. E per questo sarà necessaria l'autorità d'un concilio, cioè quella del vostro famoso triunvirato, alla dichiarazione del quale sono per soscrivermi, tanto in questo, quanto nella mutazione che ho fatto alla chiusa del sonetto: Se grazia al vinto.

Fate dunque una veglia sopra questi miei cenci, e perchè i Padri del Concilio si radunino più volentieri, si darà loro un berlingozzo fresco per uno, e al Contino, come più giovane e di miglior appetito, oltre al berlingozzo, si darà una ciambella e un morselletto. Ma state, perchè la veglia abbia più corpo, voglio mandarvi un altro sonetto sopra lo stesso argomento. Oh che grande impertinenza! Quanto poi all'ultima correzione del sonetto: Piangesti Roma, non so intendere come in quell'Ambo piangemmo, non v'abbia subito a sovvenire ch'io parlo di Roma e di me, avendo detto nel primo quadernario Piangesti Roma e nel secondo E piansi anch'io, e Lucrezia in questi piangistei non ha punto che fare, non avendo mai detto di sopra ch'ella pianga. Tuttavolta me ne rimetto, e vi riverisco devotamente.

LETTERA VIII.

Villa, 26 Ottobre 1694.

Al medesimo.

La mia sbirratica magistratura mi richiama ora, dopo quattr'anni d'interregno, a dar delle sentenze coll'ascia. Onde non tarderò molto a farmi vedere in lucco, tutto quanto orrevole e maestoso. Nè mi sono curato di passare a un altra mano, perchè così la febbre m'uscirà da dosso più presto. Non occorre dunque che vi pigliate l'incomodo di ragunare il magistrato, perchè io medesimo tra pochi giorni comparirò davanti al vostro tribunale,

Qual reo che morte aspetta, e ragion chiede.

Quanto al sonetto della Linea, anch'io mi sento dolere nella seconda quartina, la quale non è di tutta mia soddisfazione, ma dopo molte e molte mutazioni, mi sono alla fine fermato in questa, come la meno cattiva.

Bisogna dunque aiutarmi, perchè su questo luogo confesso di avere spuntato quasi tutti i ferri della mia bottega. Non veggo poi l'ora di sentire il motivo del priore sopra l'intrise, e già me lo figuro nella sua laidezza, bellissimo ed argutissimo. Mille grazie a voi della pazienza che avete in raffazzonare i miei cenci, e vi riverisco di tutto cuore.

Addio.

LETTERA IX.

Mercoledì, a ore 15 ½ 1695.

Al medesimo.

La vostra critica sopra il mio sonetto, non può essere nè più giudiziosa, nè più giusta; nè dirò che mi sia giunta nuova, perchè sentendomi anch'io dolere, dove vi siete sentito doler voi, me l'aspettava più che di pepe. — Certo è, che a voler che la similitudine non sia zoppa, deve il patto essere correspettivo e reciprocamente oneroso, come voi dite; ma la disperazione, a oggetto di guarir d'un male, da me stimato incurabile, mi aveva proposto un rimedio forse peggiore del male medesimo. Un altro impiastro mi è sovvenuto, ed è questo: Io patteggio col destino, ch'io debba in avvenire dal canto mio limitare i desiderii, ed egli dal suo, limitar le offese fino a un certo segno, oltre il quale non sia lecito, nè a lui, nè a me, di passare. Così ognuno ci sarà per l'ossa e per la pelle. Tutto sta che io l'abbia saputo esprimere; sentite:

Tra il forte Ibero e il Lusitano invitto,

Dal Mondo ignoto a ripartir l'imprese

Linea dall'Austro all'Aquilon si stese,

Che il termin fisse ad ambedue prescritto.

E tra il Destino e me {già un patto è scritto | patto è già scritto}

Patto ch'io nei desiri, ei nelle offese

Quasi a vietato incognito paese,

Far mai non deggia oltre il confin tragitto.

Ditemene il vostro parere.

Sono adesso al vostro Ditirambo, e lo trovo sempre più splendido e grande, ma veggo in esso una tal profusione di bei concetti e di belle idee, ch'io non so come voi possiate scampare la taccia d'ingegno scialaquatore, che non conosce moderazione, e vuoi sempre mettere in grande tutte le cose più piccole e farle talmente crescere di statura, che di nane che erano, diventino gigantesche. Io per abbreviarla, ho lineati una quartina di versi, che si potrebbero levare, se a voi così parrà, e quanto al titolo, lo leverei affatto, parendomi che alla brevità d'un brindisi, non sia più che tanto proporzionata la prolissità di questo componimento. Domani spero di rimandarlo. A Vafrino si potrebbe dar per compagno Lesbino o Zerbino, ma considero che quest'ultimo nell'Ariosto è nome di figliuolo di Re. Dimandasera penso di essere all'Accademia, e lunedì prossimo sarei a servirvi, se non fosse per me la sera della febbre, dovendo essere alla Mercanzia.

Mercoledì a ore 21,

Ecco un'altra mutazione calda, calda:

E tra il Destino e me, patto è già scritto,

Ch'io limite ai desiri, egli all'offese

Punga, e quasi a proibito paese,

Niun di noi faccia, oltre il confin tragitto.

Favoritemi di scrivere in piè di questa il vostro sentimento, e vi riverisco.

Giovedì a ore 16.

Eccone un'altra, della quale mi soddisfo più, e questa sia l'ultima e perentoria:

E tra il Destino e me patto è già scritto,

Ch'io confine ai desiri egli all'offese

Ponga, e quasi a proibito paese

Far niun ardisca, oltre il confin, tragitto.

LETTERA X.

. . . Giovedì, ore 18.

Al medesimo.

Vi rimando il vostro ditirambo, e vi giuro ch'è una lettura da svogliati e da ghiotti, e viene anche a me una spumosa bile in pensare che un abito così sfoggiato s'abbia a mettere in dosso al Francini.

Buon per lui. — Delle mie lineature e di quel poco che ho notato in margine, fate quel capitale che vi parrà; solo voglio dirvi che finirei il Ditirambo con quella meravigliosa quartina che comincia:

E sia a dispetto della rima in uccheri,

levando i versi susseguenti, nei quali, a mio giudizio, muore il Ditirambo con minor lustro. Stasera se non diluvia, sarò all'Accademia. E quanto a quel proibito, se si potesse dir meglio, concordo che sarebbe una santa cosa. Vedendo la difficoltà di trovare un sinonimo a proibito, e considerando che tanto sarebbe caro a me il desiderare d'essere felice, quanto al Destino il seguitare a offendermi a suo piacimento, e che il fatto mette in bocca il morso a lui e a me, ho pensato di mutare il sentimento e l'epiteto, se però l'approverete:

E tra il Destino e me patto è già scritto

Ch'io confine ai desiri, egli all'offese

Ponga, e quasi a' suo dolce almo paese,

Far niuno ardisca, oltre il confin, tragitto.

LETTERA XI.

. . . Lunedì, ore 19 1695.

Al medesimo.

Sto attualmente servendovi, e intanto vi rimando quel benedetto e tante volte condannato e riprovato sonetto della Linea, il quale mi sono ingegnato di racconciare in un altro modo, con tor via la correspettività del patto, dalla quale nasce tutta la incompatibilità, che voi dite, e con ridurre ad una sola azione, rispetto alla fortuna, le due azioni che prima conteneva il medesimo patto, rispetto alla fortuna e me.

Tra il forte Ibero e il Lusitano invitto

Del mondo ignoto a ripartir l'imprese,

Linea dall'Austro all'Aquilon si stese,

Che 'l termin fisse ad ambedue prescritto.

E tra il Destino e me giurato e scritto

Formossi un patto ch'ei di nuove offese

A un quasi nuovo, incognito paese

Far non deggia, oltre il segno, unqua tragitto.

Se in una di queste maniere, o in altra che vi piaccia di propormi, stimerete che il sonetto sia tollerabile, lo leggerò forse in Accademia giovedì prossimo. E vi riverisco devotamente.

LETTERA XII.

Giovedì, ore 16... 1695.

Al medesimo

Ier sera feci la consaputa confidenza al Marchese, il quale mostrò di gradirla tanto, ch'io resto a voi tenutissimo dell'avermegliela fatta fare.

Approvò il pensiero di chiedere il Senatorato, e di chiederlo non come fine, ma come mezzo, per fare apprendere a S. A. che la causa motrice del chiederlo non è l'ambizione, ma il bisogno.

In oltre affin'ch'io possa regolar meglio l'istanza e scoprir paese, si esebì di parlare al Gran Duca preventivamente e specificare i motivi della domanda, usando in una causa non sua, quella libertà che non è lecita a me di usar nella propria.

Ma ne attende l'approvazione da me, e vuoi ch'io ci pensi. Io quanto a me son pronto a dargliela, mentre ci concorra il vostro consenso, parendomi che il fare altrimenti, non sia conveniente, nè utile. Ditemene il vostro giudizio, e poi lasciamo armeggiare a lui. Mi sono espresso ancora che più mi attaglierebbe una piccola cosa in Firenze, che una grande di fuori, e in questo pure ho incontrato il suo genio, ed egli non lascerà d'accennarlo. Ho mutato l'ultima strofa della canzone del Gori; sentite come:

. . . . te rogante

Sole ille vultum splendidior suum

Fortasse promet me super.

Così mi par ch'abbiano il loro, il salmo e la poesia, rimanendo all'uno il sentimento, all'altra parole più confacenti. Servitore devotissimo.

LETTERA XIII.

Sabato, ore 23... 1695.

Al medesimo.

Eccovi tre belle mie più moderne frottole posteriori al mio male, in molte delle quali pretendo di lasciare agli amici più cari e più stimati qualche memoria di me. Voi che siete il più caro e il più stimato di tutti, pigliatevi la vostra, correggetela, e compatitemi. — Al Contino mandai la sua per la via di Loreto, e quanto a quella del Gori, desidero che la leggiate, e facciate conto che sia scritta a voi anche questa, nella quale avete un massimo interesse, trattandosi dell'interesse d'un vostro servitore bisognosissimo di consiglio e di direzione. Vero è che le cose mie sono ridotte a segno, che bisogna ch'io mi getti al partito, e chieda limosina, il che non ho mai voluto fare non già per superbia, ma per non far getto della libertà e della quiete dell'animo. Voi mi direte che in simili materie il voto della necessità è il più potente di tutti, e che non occorre mettere in consulto quello che l'uomo è costretto di fare. Lo confesso ancor io; ma è gran consolazione d'un tribolato, il palesare i suoi guai ad un amico della vostra qualità per ricevere lume, affinchè il rimedio non riesca peggior del male. Perdonatemi dunque sig. Conte, e vi riverisco di tutto cuore. Arrivederci.

LETTERA XIV.

Villa, 8 Giugno 1695.

Al medesimo.

Eccomi a visitarvi colla mia libertà, che mi risponde alle rime, e mi rivede le bucce. Favoritemi voi di rivederle a Lei e di correggerla, come merita. Questi scazzonti propriamente non sono odi, e si ripongono piuttosto fra le poesie jambiche, che fra le liriche. Tuttavolta io gli chiamo così, lato modo, chiamateli poi voi, come vi piace. Dura tuttavia questo medesimo estro latino; e da che sono quassù, ho già imbastito quattro odi, e sono addosso alla quinta. Non c'è che dire, finchè spira buon vento, bisogna navigare. Ma non per questo mi scordo dei Buccheri. Un abbracciamento al priore, mentre sia tornato di Roma, e un altro al Contino, e se non son troppi questi abbracciamenti, un altro al sig. Marchese Alessandro.

LETTERA XV.

Villa, 17 Giugno 1695.

Al medesimo.

Ho letto e riletto con sommo gusto la vostra poesia la quale, oltre alla novità della bizzarra invenzione, mi pare molto bene e felicemente distesa e con evidenza tale, elle sarebbe difetto d'inescusabile ignoranza il non intenderla subito. Me ne rallegro con voi, e invidio sempre più la gloria dei Buccheri divenuta bersaglio delle vostre rime. Per ubbidirvi ho notato alcune coserelle che non meritano riflessione; tuttavolta non lascerò d'accennarle.

Strofa 3.a Nella prima audenzia. È un poco duretto questo verso; se la pubblicità non pregiudicasse alla confidenza che vi fa Febo, direi piuttosto Nella pubblica udienza.

Strofa 5.a Conveniasi a gran regnante direi conveniansi.

Strofa 16.a Nè sì tosto il foco è spento. È vero che il sì tosto senza la che corrisponde al simul dei latini, che corrisponde al simulac, nulla di meno nel legger questa strofa, pare che senza la che i primi due versi sieno poco ben collegati cogli altri, e si risentino alquanto di questa mancanza. Chi dicesse così?

Ma l'incendio appena spento

Delle legna preziose.

Strofa 30.a S'alza sù per sculacciarlo. Troppo rigore per uno scherzo così geniale. Non basterebbe dare a Cupido quattro ceffatine sole sole e dire «S'alza sù per ceffettarlo? »

24

Strofa 43.a Tutti erano legati. Svernatuccio il verso; ma è facile la mutazione «Eran tutti ben legati.»

Strofa 45.a Che assister tutti allindati. È necessario l'accentar questo perfetto così tronco, altrimenti non si distinguerebbe dall'infinito.

Ed eccovi detto quel poco che ho da dirvi. — Due parole adesso per me. Vi ho servito; ma perchè non ho estro in questa materia, e sono tutto svagato intorno all'odi latine, vi mando un misero sonettuccio, non perchè lo mandiate a Roma, ma perchè mi liberiate dall'obbligo che più mesi sono contrassi con esso voi, e al quale ora così male sodisfò; compiacetevi nondimeno d'emendarlo per mio ammaestramento, e quando poi vi risolviate di inviarlo a Roma, fate quello che Dio vi ispira, purchè a nessun patto non si legga il nome dell'autore. Con questa condizione sine qua non, v'invio il sonetto. I versi di Virgilio nel 4.° delle Georgiche sono gli appresso:

Hi motus animorum, atque haec certamina tanta

Pulveris exiqui iacto compressa quiescunt.

Servitore devotissimo.

Perchè sappiate l'impegno che ho colla musa latina, vi mando questa piccola ode in versi coriambici supplicandovi di dirmene il vostro parere.

LETTERA XVI.

Villa, 27 Giugno 1695.

Al medesimo.

Col capo pieno di tanti numeri, quanti non ne hanno tutte insieme la computisteria del Papa e la Camera dei conti, rispondo alle due gentilissime vostre. E quanto alla prima, mi duole assai di sentire che la stincatura v'abbia tenuto in letto, ma perchè nella seconda non me ne dite altro, suppongo che siate già guarito, e che stiate bene. Mi ha toccato il cuore la tanto vantaggiosa sentenza da voi data sopra la mia seconda libertà, e siccome tremo quando vi mando alcuna delle mie coserelle, casi poi sgongolo, e mi ringalluzzo, quando veggo che l'approvate. Ma l'aver mandate l'una e l'altra in Francia, dove le censure sono così fiere, guardate che non offenda il vostro giudizio, sedotto forse e subornato dall'affetto che mi portate. Quanto poi alla seconda, godo di avere in qualche parte servito il vostro genio col sonetto in lode de' Buccheri, e mi rallegro in un certo modo con me medesimo che dopo tante e sì gran cose da voi dette in questa materia, sia potuto restare a me ancora qualche piccola cosa da dire. Ma Dio vi perdoni le gran lodi che voi mi date. Una sola lode pare a me di poter giustamente pretendere, ed è quella d'aver avuto tanto core di correr con voi uno stesso aringo; ancorchè un sì fatto coraggio non sia veramente farina della mia madia, ma debbasi in gran parte ascrivere alla necessità di dovervi ubbidire.

Vengo adesso ai Coriambici, e dico che la vostra critica non è nè indiscreta, nè temeraria, come voi la chiamate, anzi è giusta, giustissima, ed io me l'aspettava più che di pepe, perchè veramente questi mescugli di sacro e di profano sono certi mostri di sozza figura che non si devono ammettere. Una sola cosa potrebbe dirsi a difesa; ed è che la mia Musa non è profana, essendosi quasi sempre occupata in soggetti sacri. E se il Petrarca parlando d'una donna da lui amata, e che aveva ossa e carne e tutte quelle cose che hanno le donne, non si fece scrupolo di dire:

26

Per Rachele ho servito e non per Lia,

perchè non posso io chiamare col nome di Rachele una donna immaginaria, com'è la Musa e una Musa sacra, come per lo più è stata la mia? Veggo nulla di meno che questo non basta per giustificarmi affatto; e al più al più vale a giustificarmi qualche poco, quanto alla seconda strofa, non quanto alla terza, nella quale passo al Da mihi liberos e mi servo delle parole del testo. — Sopra di questo non ho che dire, e confesso d'essermi questa volta lasciato guadagnare la mano dalla novità del pensiero e della gran corrispondenza che hanno tra loro il comparente e il comparato. Ma il raggiustar questo non sarebbe difficile, e quando non si possa raggiustare, il dar di bianco a tutta l'ode sarà, facilissimo, e non sarà la rovina di Troia. In ogni modo favoritemi di leggerla per uno scherzo al priore e di fargli vedere le altre bazzecole che avete in mano di questo mio nuovo studio, e specialmente le due libertà, coll'occasione delle quali vi supplico di fargli a mio nome la confidenza di quanto è tra il sig. Cosimo e me, con dargli un cordialissimo abbracciamento per mia parte.

E qui vi riverisco ambedue con tutto il mio spirito. Addio.

LETTERA XVII.

Villa, 15 Luglio 1695.

Al medesimo.

Suppongo che abbiate ricevuto altra mia lettera responsiva all'ultima vostra. E perchè non so quietarmi così facilmente, quando si tratta di avervi a servire, vi mando adesso nuova fantasia, toccante di traverso e come per fianco le lodi dei Buccheri e della Regina dei Buccheri, acciocchè abbiate nell'una e nell'altra lingua qualche piccola testimonianza della mia prontezza in ubbidirvi. Favoritemi di leggerla e di emendarla.

Il verso è de' più arrabbiati che si trovino in tutta la turba dei versi, perchè l'avere a finirlo con due dattili e un anapesto è cosa orribile; e stante questa difficoltà, credo io, niuno degli antichi ha voluto usarlo, trattone Catullo, che una sola volta se n'è servito. Il suono tuttavia riesce assai grato, ma bisogna assuefarvi ben bene l'orecchio. Io non so come mi fare a liberarmi di questo prurito, e sono già addosso all'ode trentaduesima. Vi supplico di dare un abbracciamento al mio carissimo priore e un altro al Sig. Marchese Alessandro. E vi riverisco devotamente, pregandovi di rimandarmi l'ode con vostro comodo.

LETTERA XVIII.

Villa, 22 Luglio 1695.

Al medesimo.

A voler che m'esca daddosso questa mia nuova incancherita libidine, bisogna dirmi che queste mie cianciafruscole non vagliano nulla, ed eccomi subito bell'e guarito. Ma fintantochè voi seguirete a lodarmele, starò sempre peggio che mai, o impazzirò semprepiù. Vi ringrazio del gradimento con cui avete accolto questa mia ultima frenesia, e non vi spiaccia ch'io mi trastulli un poco colla cetra latina, perché la poveretta da dodici anni im qua non era mai stata neppur guardata in viso. E quanto allo spendere, farò in modo che mi resti da poter dare alla Toscana qualche gioiuzza o qualche vezzo di buccia d'anguille, perchè non mi faccia muso e non imbroncisca. Se altro non occorre, a tempo debito sarò in Firenze, e perchè ho il vizio nell'ossa, verrò colla sgualdrina a cintola. — I soliti abbracciamenti al priore, al Marchese, e vi riverisco devotamente.

LETTERA XIX.

Firenze, 5 Settembre 1695.

Al medesimo.

Senz'altra ragione mi convince d'avanzo la vostra autorità, e però non si parli più della canzone all'Europa. Volevo mandarvi due altre canzoni, ma cerca, cerca, non l'ho mai potute trovare, e se l'ho smarrite, sono vicinissimo a disperarmi, non perchè siano belle, ma perchè son mie. E voi sapete che a un padre piacciono ancora i figliuoli brutti; e quel ch'è peggio, nel medesimo quadernetto vi sono ancora altri miei componimenti. Una sola speranza mi resta d'averlo lasciato in villa. Per mandarvi qualche cosa vi mando questo sonnettuccio. Di grazia guardate se vi par da potersi leggere insieme coll'altro Piangesti Roma, che avete già veduto, e dei due versi doppi, ditemi qual più vi aggrada. Il primo esprime più. Il secondo è più dolce e più poetico. Già voi sapete che Manlio difese il Campidoglio dai Galli, che poi macchinando contro la Repubblica, fu fatto prigione; ma benchè fosse già convinto di fellonia, non ebbero mai cuore i senatori, nè d'assolverlo, nè di condannarlo, fintanto che la di lui causa fu discussa davanti al Campidoglio, da lui difeso. E per condannarlo fu necessario andassero altrove. Io, se Braccio mio figliuolo, che da 15 giorni 'n quà si trova in letto con febbre continua, piglierà tutt'oggi qualche miglioramento, andrò domattina in Villa per la Sig.ra Anna, mia moglie. E però vi supplico di mandare qui la risposta sotto coperta al Sig.r Av.to Gori, al quale ho già detto, anzi dirò, quanto occorre. Servitore devotissimo.

LETTERA XX.

Volterra, 26 Marzo 1696.

Al medesimo.

Mi risento una volta, e per non venirvi davanti colle mani in mano, vi mando la qui aggiunta ode per il Sig.r Paolo Falconieri. Non troverete nella copia la perfezione dell'originale, ma è gloria di questo che quella non la somigli. Ditemene il vostro parere, e rimandatemela. Intanto vi dico che il pizzicore di anno passato dura tuttavia. E sono le mie figliuole venti più di quelle di Danao. Ma quelle ammazzarono i mariti, e queste ammazzeranno il padre. Son vostro servitore, e credetemelo. Addio.

LETTERA XXI.

Volterra, 25 Novembre 1696.

Al medesimo.

Ho letto i versi, e non voglio stare a dirvi, se mi piacciono o no, vedendo che me li avete mandati, non perchè io li lodi, ma perchè li traduca. Bisogna nondimeno ch'io li lodi, perchè lo meritano. Ma quell'avere a tradurli (cosa che non ho mai voluto far de' miei giorni) mi fa rincerconire il sangue solo in pensandovi. — Primieramente mi trovo capo pieno zeppo d'idee latine, durando ancora in me quell'estro medesimo, che cominciò sul finire del mio male. In oltre non posso dirvi l'antipatia che passa tra la traduzione e me, parendomi che mettersi a lavorare su quello d'altri, sia cosa da uomo che non abbia nulla del proprio. Ma voi cavereste una monaca di convento, e non so che diavol di superiorità di genio voi abbiate sopra di me, che mi convenga l'aver sempre a fare tutto ciò che vi piace, anche contro mia voglia. Ne volete di più? Procurerò di servirvi, e benchè non vi possa prometter l'opera, perchè le poesie non sono in potere del poeta, vi prometto nondimeno i preliminari dell'opera, cioè l'applicazione a farla. — Ma da ora innanzi non mi parlate più di traduzione, altrimenti avrete una negativa a lettere d'archi trionfali. Arrivederci quest'altra settimana, e Dio vi dia il buon capo d'anno.

LETTERA XXII.

Volterra, 31 Dicembre 1696.

Al medesimo.

Eccovi la traduzione che dirò effetto della vostra quasi onnipotenza, la quale ha potuto farmi rompere il mio proponimento e violentare il mio genio. Ella vi parrà alquanto larghetta, ma abbiate pazienza, e non vi paia poco l'averla così com'è. Ho preteso di tradurre i sensi non le parole, e per non uscir dalla carreggiata sono stato in filetto, ma con dolore di morte, non potendo vagare a mio modo. D'una cosa sola vi prego, ed è, che se non vi parrà degna d'esser veduta,la sopprimiate, non essendo dovere che, in concorrenza di due ragazzi, inventus ego sim minus habens. Ne va del vostro e del mio onore e dell'onor della lingua. E perchè allego a sospetto la vostra affezione, penso che la farete vedere al priore e al Contino.

Seguitate a comandarmi, e son tutto vostro. Rimandatemi a suo tempo la copia.

LETTERA XXIII.

Volterra, 26 Gennaio 1698.

Al medesimo.

Io non so che cosa si sia il mio Capitolo fatto da me più per devozione che per altro. So bene che il vostro è una gran cosa, e quanto più lo leggo, tanto più mi rapisce, e mi solleva tanto sopra me stesso ch'io me ne vò non so dove. Per ubbidirvi l'ho considerato più attentamente, e ho notato alcune coserelle, che a mio giudizio, si potrebbero migliorare.

Ma non sì che in battaglia col temere

Non vincesse il fidar, con più bell'arte,

Che fu trionfo poi.

Questo discorso che non è altro che una semplice narrativa, mi par troppo caricato di figure, e vi si vede uno sforzo che distrugge tutto il naturale, e difficulta l'intelligenza. Chi dicesse così:

Men già dubbiando e sospettando in parte,

Non però sì ch'a fronte del temere

Vinta si stese la mia fe' in disparte.

La fe' che crebbe allor che il condottiere....

Miglioratelo voi:

Leggiera sì, che l'aer nostra intorno

Le staria, come a corpo mortal veste.

Direi:

Le staria come a mortal corpo veste,

Se miri al peso.

Ma bisogna ch'io dica uno sproposito. Voi dite che l'aura celeste è tanto leggera, che il nostro aere starebbe intorno a quella, come la veste intorno al corpo, se si mira il peso. Tutto bene, se si ha riguardo all'agilità del corpo informato dall'anima e alla gravezza della veste, che come cosa inanimata, non ha nè moto, nè azione.

Ma potrebbe dir qualcuno:

Se si pesa l'uno e l'altra, sarà sempre più leggera la veste che il corpo.

Fiume che stagnando allaga,

Non corre o passa, o sa che sia ritorno.

Direi:

Non corre o passa, o sà che sia ritorno,

E il volo è tal ch'ogni vista s'arrende.

Oh qui ringraziatemi, e vergognatevi della vostra superstizione che vi ha fatto mutar quel verso: Occhio di vetri armato, per esservi servito di quell'armato due altre volte in distanza di dieci miglia. E come mai avete potuto farlo? O sentite questa terzina, che con quel poco che ci ho messo di mio, è la più bella e la più meravigliosa che sia in tutto il Capitolo:

E il volo è tal che fin cola si stende,

Ove sol per averne alcun sentore,

Occhio di vetri armato indarno ascende.

Si può sentire cosa più degna, vaga, e poeticamente detta?

Quand'ecco in mezzo all'abissal fulgore.

Questa voce abissale mi par nuova affatto, e direi piuttosto eternale o che so io.

Oh! siate benedetto che avete levato quei costiritti; non mi potevate mai fare il maggior servizio di questo, e ora stà benissimo, di là da benissimo.

Altro non ho da dire. Se sono stato buon bambino, datemi la chicca; e questo sia un avvertimento economico ai vostri servitori, che quando mi scrivete, invece di portar le lettere alla posta, le portino a casa mia, che così non avranno a passar Arno, e si risparmieranno parecchi passi. Oh! bell'avvertimento di padre di famiglia. Addio.

LETTERA XXIV.

Volterra, 28 Gennaio 1698.

Al medesimo.

Dopo di avermi tenuto parecchi giorni a stecchetto, mi avete poi fatto stravizzare a lettere, che fino a tre ho ricevuto nello stesso tempo, con mia infinita consolazione, vedendo il buon viso che avete fatto a quella mia traduzione. E quanto a' rimbrotti fierissimi che mi fate intorno al mestiero di tradurre, non vi rispondo nulla per ora; solo vi dico che verrò a ogni accordo con voi. Ma intanto, per farvi quel più accanire e per obbligarvi a mandarmi quella traduzione, che voi dite, voglio mandare a voi una terribile Ode latina contro i traduttori. Nè m'importa punto che mi mettiate in un calcetto, perchè così incalcettato e stirato, e da ogni parte ben bene combaciato potrò meglio ripararmi dai rigori de' freddi Volterrani. Quanto al viglietto o lettera messibile in Francia, non ho tempo adesso di scriverla. Ve la manderò quest'altra volta, e la scriverò alla buona, come voi mi ordinate, e con patto che portandomi bene, mi mandiate un altro quinternetto della vostra buona carta, e questo sarà il mio santino. Io sarò sempre il vostro servidore.

LETTERA XXV.

Volterra, 13 Ottobre 1698.

Al medesimo.

Veggo la tacita pretenzione che avete, ch'io vi ringrazi dell'occasione datami di meritare il gradimento del sig.r Conte di Crèqui, per quella traduzione che mi faceste fare. Lo veggo benissimo, e ve ne ringrazio, lasciandovi tutto il pensiero di far per me col medesimo Sig.r Conte quelle parti che stimerete più opportune.

Non voglio già ringraziare Dio dell'essermi fuggita l'occasione di servirvi delle radiche di scorza nera: lo farò bene, quando mi darete campo di potervi servire, e metterò sottosopra tutta questa mia giurisdizione civile e criminale. L'altro giorno mi sollucherai un poco col superiore Ecclesiastico, e gli lessi il capitolo della vostra lettera, e mi disse che tornerebbe forse meglio fare stillare qui le radiche e mandarvi costì lo stillato in fiaschi.

Ma che medicamento è questo vostro?

Voi mi dite d'aver fatto un sonetto e un capitolo, e non me lo mandate. Modo proprio di farmi spirare, come dicon le donne, quando veggono che un bambino ha voglia di qualche cosa. Ora mandatemi l'uno e l'altro senza altra replica; ed io pure vi manderò un po' di filato, o lo vogliate di Madonna Rachele o di Madonna Lia. Addio.

LETTERA XXVI.

Volterra, 3 Novembre 1698.

Al medesimo.

Nemo est dominus membrorum suorum, dice la legge. Onde non so con qual ragione voi vi facciate lecito d'incrudelir tanto contro quel vostro sonetto fatto in morte del prior Orazio Rucellai. È egli forse un mostro di due teste, colle gambe stravolte e colla pancia di dietro? Dovereste pur ricordarvi che noi altri grandi uomini, che pur facciamo figura nel mondo, ci serviamo d'orazionata simile in persona di Jacopo Viperaio, e vogliam dire del ciarlante famosissimo P. Cotta, Accademico Apatista.

Dum Carmine omnes, Cotta, te unum provocant,

Atque omnes unus provocas, urges, feris,

Ferisque rursus, et supercilio emines

Victor superbo, nec tibi dat vincere est,

Nisi triumphes, ne triumphatos premas.

Vis, Cotta, dicam? Horatius totam mihi

Solus videris esse contra Hetruriam.

Quanto poi a quell'aggiunto dato all'ozio, se avesse la stessa forza e lo stesso sentimento del Toscano, che ha nel Latino, nè anche questo mi dispiacerebbe. Ma noi altri Toscani non pare che pigliamo mai l'insolente in sentimento d'insolito o di straordinario, e nel proprio suo significato d'arrogante o d'impertinente non par che s'addatti all'ozio, che è un lasciami stare. Ma se non mi finisce di piacer questo, mi piace tanto quell'aggiunta di sorda dato alla ferita, che vada l'uno per l'altro, si sta in pari certo. Insomma il sonetto tutto

39

insieme mi piace, e non so quello che voi diciate, e ve ne ringrazio tanto, tanto. Ora voi mi scriverete ch'io mandi qualche cosa, e perchè molte e molte ve ne potrei mandare, avendo messo a pulito tutte quante le mie frascherie latine e toscane, per adornarne a suo tempo le Gallerie di Mercato Vecchio, mi trovo imbrogliato. Pensa, ripensa, risolvo finalmente di mandarvi questa canzoncina, ina, ina con patto però che me le rimandiate a comodo vostro, e che mi mandiate il vostro Capitolo di settanta terzine. Orsù siamo intesi. Addio.

Volterra, 23 Novembre 1698.

Al medesimo.

Io non dico che quel sonetto sia la miglior cosa che abbiate fatto, ma dico bene che si conosce per fattura d'un valentuomo, essendovi certi tratti maestri, che vi rendono aria, e quasi quasi vi fanno la spia. Quanto poi a quell'epiteto, credo anch'io che si possa difendere e fare in bricioli la censura e il censore, ma il trovare a chi piaccia o possa piacere, l'ho per cosa un po' dura, e son certo che fuor della rima non ve ne sareste servito. Io a prima giunta intoppai, e non l'intesi, nè mai l'ho inteso nel senso, che voi l'avete usato, se non quando me l'avete scritto, e ora considero esser verissimo che l'ozio fa gli uomini insolenti, ma non per questo par che si debba chiamare insolente, siccome si chiamerebbe impertinente la piacevolezza dei padroni, benchè renda impertinenti i servitori.

Ma talvolta è bene l'uscir di regola, e certi fortunati ardiri sono quelli che accreditano le poesie. Voi avete tanto lodato la mia povera canzoncina che, punto, punto ambiziosa ch'ella fosse, potrebbe facilmente invanirne.

Io l'acchiappai fra molte, non per la più bella, ma per la più succinta e misteriosa; e godo insomma che vi sia piaciuta. Voglio adesso mandarvi un sonettuccio caldo, caldo fatto per mio passatempo in occasione della monacazione d'una fanciulla nobile. Il pensiero è preso dall'operazione del baco da seta, ma Dio sa come l'ho spiegato. Ditemene il vostro parere.

Voi che avete carteggio col Sig.r Ab. Regnier, potete favorirmi di ringraziarlo a mio nome del libro, il quale mi suppongo tradotto da lui medesimo, siccome ve ne prego. Vi ringrazio sommamente del frontespizio dell'opera del nostro arciconsolo, e aspetto a suo tempo il capitolo. Addio.

LETTERA XXVIII.

Pisa, .. Gennaio 1699.

Al medesimo.

Modicae fidei, quare dubitasti? Voi avete fatto troppo torto a me e troppo onore alla sig.a Borghina in credere d'aver bisogno della sua mediazione per giustificarmi con un vostro servidore. Ma di che vi avete a giustificare? Del non mi aver riveduto prima della mia partenza per Pisa? Bisognerà dunque ch'io ancora faccia lo stesso, per essermi partito senza prima riverirvi di nuovo, bench'io possa dire con verità, che la mattina del 6 Dicembre fui a casa vostra, e mi fu risposto ch'eravate in Villa. Eh per l'amor di Dio lasciamo andar queste cose, che non importano nulla, e venghiamo a quelle che importano. Voi mi avete favorito di mandarmi due sonetti del Card. Panfilio, e mi chiedete il mio parere; che volete ch'io dica? Io so benissimo che s'hanno a lodare i componimenti d'un poeta Cardinale, che compone per esser lodato, e io ancora li lodo, essendo pieni di sostanza e di bei sentimenti. Direi nondimeno che in qualche luogo vi è del prosastico, e che sono alquanto slegati, ma queste slegature siccome per lo più non sono piaciute al secolo che finisce, così forse non piacciono, e piaccieranno a quello che comincia; e però bisogna in tutte le cose adattarsi alla moda. Io però mi sposo al vostro miglior parere e senza scriver lettere con firma ostensibile, vi prego di scrivere al March. Corsini un capitolo di lettere a vostro comodo e secondo il vostro sentimento al quale mi soscrivo. Qui si è veduta una canzone stampata dal Menzini sopra la recuperata salute del papa, e se ne parla con lode. Io la lessi iermattina, e la riconobbi subito dell'autore, alla felicità del disteso, e all'essere, secondo il suo solito, non molto piena di cose. Sig.r Conte mio caro, io sono più che mai tutto vostro servitore. Addio.

LETTERA XXIX.

Pisa, 25 Aprile 1701.

Al medesimo

Oh egli è pur la bella e maravigliosa cosa quel vostro Capitolo che m'avete mandato! Che grazia, che forza, che naturalezza d'espressione! Quanto artifizio nell'ingrandire una cosa piccola! Quanto ingegno in far crescere le altrui.

Che dire poi dell'aver preso a piccare una dama con un garbo e con una libertà che quanto più punge, tanto più piace, facendole vedere sotto il velame delle figure quello che di lei direste, se non vi ritenesse il rispetto, e necessitandola a udir con piacere quelle due massime ingiurie, che tanto mal volentieri si soffrono da una donna vana e superba, cioè l'ingiuria del non sapere e quella dell'esser vecchia? Insomma io non mi posso saziare di leggerlo, e vi ringrazio infinitamente del dono che me ne avete fatto, ancorchè mal volentieri mi accomodi a obbedire al vostro comandamento, col quale mi obbligate a non mostrarlo, parendomi che il tener celate e sepolte sì belle cose, sia la maggior ingiuria che possa farsi alla repubblica letteraria, tuttavolta vi ubbidirò. Due peccati mi rimordevano la coscienza in quel mio sonetto della resurrezione delle muse ultimamente mandatovi, e se non me ne confessai per averne l'assoluzione, fu perchè non arrivando io a discernere da una parte, se fossero peccati di tal qualità da doverne rendere in colpa, e dall'altra sapendo benissimo che quando fossero tali, voi, *apud quem*, in materia di poesia e d'ogni altra cosa, *omnia nuda et aperta sunt*, gli avereste conosciuti da per voi stesso senza la mia confessione, stimai meglio di lasciar correre per chiarire i miei dubbi e per aspettare da voi, non preoccupato dalle mie accuse, una condanna più accentuata, siccome è seguìto, di che vi rendo grazie affettuosissime. Voi dite benissimo che l'aver vita e il dar vita, sono due cose molto distinte l'una dall'altra, e questo è uno dei due peccati, in soddisfazione del quale ho mutato quel verso, e detto così:

Se han forza i carmi, e se quell'esser soglio,

parendomi che adesso spieghi abbastanza, e che siamo fuori del pecoreccio. L'altro peccato è quel secco principio dell'ultimo verso:

Tutte mie Muse; prima dicevo: Mie morte Muse, ma lo mutai, sì per fuggire la quarta replicazione di morte, sì per rimediare al cattivo suono che restata da quelle tre voci comincianti per la lettera m. Voi dite le morte Muse, ma dicendosi così, non si sa distinguere di chi elle sieno, e sarà in libertà di chi legge, il credere che sieno le Muse del pian di Cascina o della Valle di Calci. Io vorrei veramente dire che sono mie, e però ribenedirei quel mie morte Muse, rimettendomi però al vostro purgatissimo giudizio, e vi riverisco devotamente.

LETTERA XXX.

Pisa, 9 Maggio 1701.

Al medesimo.

Voi crederete ch'io abbia preso in cottimo l'attaccar tutti gli uomini di questo paese con i miei sonetti e fare un mostruoso accoppiamento di poeta e di iusdicente, con danno del pubblico e del principe, ma non è così. Io sono stato tante e tante volte affrontato e così malconcio dalle poesie di questo Sig.r Abate Venerosi e Cav.re Luca degli Albizi, e tanto me ne sento ancora dolere per tutta la vita, che avendo io già risposto al primo col sonetto della Resurrezione, mi par ora conveniente, anzi necessario, rispondere al secondo con quel che ora v'invio, perchè mi facciate la solita carità di correggierlo e di raffazzonarlo. La prima quartina di esso vi farà conoscere quanto mi sia piaciuta quella seconda strofa della Canzone Bolognese, e veramente l'imitazione è un po' troppo sfacciata. Ma non saprei se siami una volta lecito il fare agli altri quel che gli altri fanno a me così spesso: E siccome io non ne voglio a lor male, anzi me ne professo loro obbligato, così anche essi abbiano pazienza, e se ne diano pace. Credo che voi sappiate che questo Cavaliere è forse il più dotto e scienziato giovane che sia in questa Università, e però non è punto caricata la lode che gli dò. Vi riverisco devotamente.

Al Sig.r Cav.re Luca degli Albizzi

SONETTO

Poichè a gara in far voi, di voi maggiore,

Stupiron l'arti di poter cotanto,

E come in opra di comun lor vanto,

45

Tenner consiglio col natio valore;

Coglieste voi d'ogni dottrina il fiore

Nel quarto lustro, e i tanto gravi e tanto

Severi studi a raddolcir col canto,

V'inebriaste del Castalio umore.

Onde se a voi del gran cammin, sì poco

Resta, e già tocche del saper le mete,

Manca in mezzo del corso, al corso il loco;

Nuovi mondi a natura omai chiedete,

Che il gran mondo dell'arti, a poco a poco,

Scorso già tutto e conquistato avete.

LETTERA XXXI.

Pisa, 16 Maggio 1701.

Al medesimo.

Per non parlare delle due quartine che vi hanno mosso a dar dì me un giudizio sì vantaggioso, dico che non può esser più giusta la critica fatta sopra la prima terzina, e ve ne rendo grazie affettuosissime, essendo veramente due cose incompatibili l'esser giunto alla meta, e l'aver poco da camminare. Orsù a' rimedii. — Chi dicesse così:

Onde se a voi del gran cammin sì poco

Resta, e già scorte del saper le mete,

Manca quasi nel corso, al corso il loco.

Invece di già scorte, si potrebbe dire; scoperte che forse tornerebbe meglio.

Fin qui passa bene, ma dirà forse un qualche stitico scrupolosetto: Se il Cav.re ha solamente scoperto le mete del sapere, non è dunque vero che abbia scorso e conquistato tutto il mondo scientifico. Ma gli si potrebbe dare quella famosa risposta del Priore: Avete ragione ma siete un c…. nonostante. E veramente un barbero che si conduca a vista del palio, benchè non abbia realmente finita la carriera, si può dire che l'abbia finita, per quella ragione che Parvus pro nichilo reputatur:= Accingendus habetur pro accinto, e via discorrendo. Quanto al mondo dell'arti, crederei che si potesse dire che siccome il nostro mondo sottolunare non è tutto cognito, e una gran parte di esso, anche dopo tanti e tanti scoprimenti di terre e mari resta tuttavia incognito, così non tutto il mondo scientifico sia stato ancora scoperto, vedendosi chiaramente che nove notizie si scuoprono alla giornata, onde non pare improprio il chiedere alla natura lo scoprimento di quella gran parte di mondo scientifico di cui ancora non si sa nulla, la qual parte di scibile non saputo agguaglia forse il saputo, e così viene a essere un nuovo mondo. So che avete mille cose da dire contra questa ipotesi, ma bisogna anche ricordarsi che multa dantur poetis, e che la poesia si vuoi reggere. Rimetto a voi tutta questa faccenda, e so che il vostro grand'intelletto troverà mille ripieghi per rassettar questa malefatta. Addio.

Pisa, 20 Maggio 1701.

Al medesimo.

Or che l'asinello è caduto nel fosso, non basta il dire ch'egli vi sia caduto, ma bisogna stendere un manino per cavanelo fuora. E a voi sarà molto facile, perchè mi avete cavato di maggior fondi che non è questo; se questa fantasia di due mondi non è adattabile al caso nostro, la più vera è uscirne, ma prima di farlo, favoritemi di vedere, se vi è modo di salvarla.

Voi dite benissimo che il corso di Roma è diritto, e che dalle mosse si scuopre la meta, ma oltrechè una tal dirittura è particolare di quel corso, io considero che non si tratta d'un corso di cavalli, ma d'una carriera da un capo all'altro di tutto un mondo, che vuol dire che se dopo d'aver fatto un cammino di quattro e più miglia, io mi conduco a vista del termine, che sia distante due o tre miglia dal luogo dond'io lo scuopro, non si potrà mai dire che quel termine sia lontano, rispetto alla tanto maggior lontananza del luogo dond'io mi mossi. Mi raccomando alle vostre misericordie, e sono al solito tutto vostro servitore. Addio.

Pisa, 23 Maggio 1701.

Al medesimo.

Queste mio sonettuccio sarà sempre famoso, mentre i suoi difetti v'hanno fatto dire tante belle cose. Io ve lo rimando, e perchè il suo male è poco meno che incurabile, l'espongo al taglio della vostra penna, e ho tanta fede in voi che son certo che guarirà. Accetto la mutazione della prima terzina, quanto al dire che il corridore sia vicino alla meta, ma quanto al modo di dirlo non ne sono ancora interamente risoluto, nel resto mi pongo tutto nelle vostre braccia, e ringraziandovi dell'amorosa bontà con cui vi degnate di favorirmi, vi riverisco, ma davvero. Addio.

LETTERA XXXIV.

Pisa, 27 Maggio 1701.

Al medesimo.

Non vi dicev'io che alle vostre mani sarebbe guarito il mio sonetto di tutte le sue mascalcie? Detto fatto. Sonetti mal cubati, storpiati, rattratti, e fatti spacciati, venite pure allegramente all'Esculapio de' nostri tempi, che poserete subito le mazze e le gruccie, e salterete, e balzerete come pillotte.

Una gran medicina è stata quell'altri mondi invece di nuovi mondi, e da principio era sovvenuto anche a me, ma comechè non conoscevo il male, non pensai neanche al rimedio, e così non ne feci altro. Solamente mi resta qualche po' di durezza intorno a quel visibil mondo, detto così assolutamente senza mettergli in dosso un po' di livrea che lo faccia conoscere per mondo scientifico. Ma mi direte che a farlo conoscere per tale basta l'aver detto di sopra che questo Sig.re sia giunto presso alle mete del sapere, e lo credo anch'io, e a poco, a poco mi pare di smaltire questa durezza. Io direi così, rimettendomi:

Onde se a voi nel gran cammin sì poco

Resta, e già del saper presso alle mete

Per voi manca nel corso, al corso, il loco;

Altri mondi a natura omai chiedete

Giacchè il visibil mondo a poco, a poco

Scorso già tutto e conquistato avete.

Tant'è non sono ancora chiaro, chiaro. Vorrei addomesticarmi con quel visibile, e non ne trovo la via. Facciamo così: Sentiamo il parere del Priore, il quale non preoccupato nè da voi, nè da me, darà la sentenza giusta giusta intorno a

51

questo visibile; Scusate questa mia impertinenza e troppa sicurtà, che ella sia, e con rendervi le dovute grazie di tanta carità, resto al solito tutto vostro.

52

LETTERA XXXV.

Pisa, 3 Giugno 1701.

Al medesimo.

Resto persuasissimo, non che persuaso, che quel visibil mondo non solamente è ben detto, ma che non si può dire altrimenti, a voler salvare il sistema di questo mondo scientifico, e dico, e mi protesto coram Paroco et coram bestibus, di volerlo per mio legittimo sposo.

Ma sapete voi per qual causa io non gli volevo tutto il mio bene? Perchè non mi rendeva buon suono all'orecchio, col quale mi trovo alle volte a cattivi partiti per non poter contentare una certa sua sofistica delicatezza, che degenererà in superstizione, e andava pensando, se in vece di dire Giacchè il visibil mondo, si fosse potuto dire Giacchè il cognito mondo, che suona un tantin meglio, e non pare che discordi dalla vostra Ipotesi, opponendosi agli altri mondi incognito, che si chiedono alla natura. Ma vi sento gridare a testa fin dal Belmonte e dirmi ch'io sono un animale indocile e senza ragione, e però me ne sto cheto, cheto, come l'olio, e non fiato più per cent'anni.

Vi ringrazio bene della gran carità che mi avete fatto, e son tutto vostro, vostrissimo. State sano, e datevi bel tempo per me; che non me ne do punto.